田 龍太郎
DEN Ryutaro

文芸社

かあさんは　口うるさく
とうさんは　口より手がはやい
どちらも　頭がいたい
想い出す　ありがとう
老いて親父の背　段々小さくなる
教えは大きい　そして重い

まえがき

昭和初期の父親は、家長として厳格で、最終的に結論を出すことは、父親に与えられた特権であった。

母親は専業主婦として家の中を守り、子供達にも父親の尊厳を理解させた。主婦は外に出て働くことは少なかった。

昭和二十九年、主婦を夢中にさせたラジオドラマ「君の名は」をきっかけに、男に任せるだけでなく、女性もはっきりと意見を述べることが多くなってきた。

それでも、子供達は、父親の外で働く姿を見て、親の背中を見て育っていった。

第一章の「親父のけむり」。「仁」とした孔子の道徳観念、他者への思いやり、さり気ない愛など表現した背中など、父親のよいところを見て子供が育っていった頃のことを想い出す。

最近は「デジタル化」「時短」などとスピーディーで効率だけ考える風潮にあり、こころ、思いやり、相手のことを考えて行動している人がどれだけいるだろうか。

何か殺伐とした世の中になってきたと思いませんか。

そして第二章「親父のけむり」では、全く違う「けむり」を書かざるを得ない。

その人は当初は温和で、魅力的で、その立ち居振舞いは、見事な人だった。

筆者も、温好で人の話も良く聞き、明確な質問もされるその人のことは、当然好印象であった。

それが二代目に会社を譲った頃から、その人の本質の「闇」を見せることになっていくのだった。

［仁］
孔子が提唱、道徳観念
自己抑制と他者への思いやり
愛を与える　見返りを求めない
いつくしみ　思いやり　博愛　慈愛

［闇］
暗く光のない暗やみ
思慮分別のないこと
相手を見ようとしない　物の見分がつかない

『仁と闇　親父のけむり』＊　もくじ

第一章　仁

第二章　闇

第一章　仁

親父のけむり、純白の美しいけむり。

貴婦人と言われるC58のけむり。

父は汽車乗りでC58の機関士だった。

最前の両輪のサイドから勢い良く純白の蒸気を噴射させる。そして美しい長い煙突から真白いけむりを棚引かせ、貴婦人を思わせるような、素晴らしいけむりを出して走った。

この物語は、そのタイトル通りのもので、それで終わりになってしまうのであるのだが、それではつまらない。

親父のルーツ

そのルーツを辿っていくと、今まで全く知らない父が現れる。

父は明治四十二年五月一日に生まれた。

父の生家の場所は山形県北村山郡東根町町内である。

今は東根市としては寒河江などを中心に、さくらんぼ、桃など、美味しい果物の産地で有名で、現在は商店街の中心にある。

僕が十歳の頃、初めて父と二人で山形に旅行し、隣町の神町の飛行場に行った時、日本ではないような、子供ながら不思議な光景を目にした。

着飾った日本人の女の人と、アメリカ兵が肩を組んだり、腕を組んだりしているカップルがうようよいた。

変だなと見ていると、父は黙って自分の手で僕の目を覆った。

そこで僕は、これは良いことではないんだなと思い、急いでその場を離れた記憶がある。

しばらく行くと、すぐに牛や馬が自由に放牧されている、田園風景になる。

田畑や果樹園が多く、ちょっと前に何か派手な光景を目にした僕は、ここは都会なのか田舎なのか、区別がつかないところだなと思った。

父は特に何も言わなかった。


父の兄弟の名前は、みんな「政」の字がついている。

父の長兄は政一、そして政次、政四と続く。末っ子の五男である父の名は政雄。僕の祖父は政五郎で、曾祖父は政吉と、代々継がって、「政」を付けている。父の妻、つまり僕の母はキヨノ、曾祖父の妻はキヨと、昔は同じような名前の人がたくさんいたんだ。

どうしてなのか、名前の由来を父に聞いたことはない。

政五郎と言う勇ましい名前の祖父は馬喰（ばくろう）で、豪放磊落（ごうほうらいらく）な豪傑だったらしい。

馬の買付（かいつけ）は、津軽藩の落人（おちゅうど）が下っていった北海道東端知床の玄関口、斜里町（偶然僕の郷里）まで行っていた。祖父・政五郎は山形からそんな遠くまで競（せ）りに出掛け、野付牛（現在の北見）、旭川、方々に立寄った。

「女性」もあちこちにいたらしい。

買った何頭かの馬が自宅に着くころに合わせて山形に帰ってきた。

金もあり、いろんな欲も強く、男冥利に尽きる。今の男には考えられないくらいの勝手放題だったらしい。

僕の父は五男で末っ子だったと本人も親戚の皆も思っていたのだが、父が六十八歳の時に、「弟」が突然現れ、みんな驚いた。その「弟」は何故か山形や北海道からほど遠い千葉の漁港で生まれ、さすがに弟の名前に「政」は付けていなかった。

実家は裕福だったかも知れないが、馬や牛が真近にいたそうだ。そう言えば父はよく馬の絵を得意になって、さらさらっと描いてくれたことを思い出す。

父は子供時代、馬に乗って小学校に通ったかどうかは定かでないが、ともかく御者が引いていたことだけは確かだった。昔は馬追いと言っていた。

馬に跨る父は、面長で色白でハンサムだった、と父が言っていた。父の一生に一つだけの自慢話のひとつ。そして次に、

「若い娘が白魚のような手指で俺の手を握り締めて離さない。俺はモテたんだ」

本当に父の自慢話はこれだけだった。

酒が入ると人前で同じ話をする。僕は「一つぐらい聞いてやれ」と思っても、真面目な母はいつも不機嫌になる。だから本当のことだと思う。

ともあれ、真面目同士の両親だったと思う。

それほど裕福な家庭に育った父が、高等小学校を出て、十六歳で国鉄に働きに出された。しかも、すぐ上の政四兄が、先に北海道の野付牛機関区にいたので、それを頼って北海道に渡ったのかも知れない。本人は嫌がる訳でなく、自分の意志を全く言うこともなく、北海道へと渡った。

しかし、それから地獄の始まりだった。

父は、何の考えも意見も言わないので、兄嫁の思う壺で、月給を兄嫁に渡し、その中から、二円の小遣いを生活費として持たされて満足していたらしい。

この話は母の悔しい想いとして僕に何度も話していたので、よく母の想いが伝わって来

た。

その頃の父はまだ十代、「けむり」を出さない少年だったのはタバコを知らないから当然である。

無口な父だったが、いくつか聞いた話のうちのひとつ。仕事では夜勤もあって、深夜線路を渡る時などは、列車に飛び込んで自殺したり、線路を歩いたりして轢死者が少なくなく、そこを通る時は、怖くて、寒さで震えながら、頭から湯気を出す思いで、鼻から「けむり」(鼻息)を出す勢いで走り抜けたそうだ。ということもあったと聞いたことがある。それが、機関区内の雑用係の、吹けば飛ぶ最後の「けむり」のようなものだったかも知れない。

機関車に初乗りの父

いよいよ機関車に乗る。「それは凄く嬉しかったよ」と後年、父は言っていた。

当初は缶焚(かまたき)として、後ろの石炭庫から石炭を取り出し、体を回転させ、蓋を手で開けて放り込む、この単純な重労働だが、タイミングが大切で石炭を完全燃焼させることが最大の目標である。父の五尺(一五〇センチほど)の小さい体では、相当きつい仕事に違いない。

石炭を効率良く燃焼させ、そのガスが通過する煙管の周りの水を熱し、その蒸気がシリンダーに入ってピストンを動かす。ピストンの往復運動が車輪を動かす。それが蒸気機関車の動くしくみである。

機関士の指示のもと、石炭を完全燃焼させることで、蒸気も、けむりも白い。この長い機関助手の時代に培われた下積生活によって、後に機関士になった時、機関車から出すけむりを芸術的な形に造り上げたのであった。

ここで、C58、D51の説明をしておこう。

Cは動輪片側3、Dは4を示す。C58の動輪は二メートルに近い。父は五尺の体。そんな大きな重量車を動かすには、全ての筋肉を鍛えなければならない。

そして母が言うには、父は仕事を休んだことは一度もなかった。常に健康に気を付けていた。

あまり見せなかったが、息子たちへ上げた拳は重く固い、鉄拳そのもので、頭や体に食い込んだ。

家族には鍛えた体。何も考えず口より先に手を上げる。仕事では石炭を缶窯に放り投げる毎日であった。

誰からも誉められもせず、石炭車から振り向きざまに窯へ石炭を運ぶのを繰り返すだけの単純作業であった。

そして十年が過ぎた。

見合いのない見合い結婚

長兄政一の妻は梶沼家の長女、ミネであるが、父、五男政雄は梶沼家の末娘、五女キヨノと結婚した。昭和九年のことだった。

山形県北村山郡宮崎（現・山形県東根市宮崎）は母の生まれた町。隣町だが、父は十六歳から町を出ていた。

当時母は十三歳、子供達同士知るよしもない。顔も知らない。兄夫婦によって決められた結婚。

その頃の結婚式は花嫁だけが披露されるという。父は見たことのない娘キヨノと結婚し、しかも自分の結婚式に出席もできない。結婚式の時、天井裏の隙間から微かに結婚相手の姿を見ただけだったらしい。

「ああこれか」

と一言、何の感想もなかったのだそうだ。

涙の連絡船

二人は北海道に渡る。東北本線で長旅である。

船に乗る。青函連絡船の汽笛の哀しい音色を聞き、自分の立場など考える余裕などなく、漂うけむりを目にし、母は寂しさが募り、涙が止まらなかった。

母から話を聞いたが、船から下り、函館本線、石北本線の一輌の客車内、と言っても二十時間、相変わらず端と端に座って、北見までずっと泣き続けてきたそうである。

親父は無口で、女性の扱いも慣れてなく、母をどうやってなぐさめて遠い国へ連れて来たんだろうと思った。

両親から新婚生活の話なんて聞いたこともない。落ち着いた生活もなく、借家住まいで、釜炊きとしてけむりだけはき出す毎日であっただろう。

そして給与のほとんどを吸い取られていた父は、一銭の貯金もなかった。

母は豪農の出で、末娘で可愛がられ、何不自由なく育っていたから、けむりも出ない火中に入り、驚きのあまり、泣いている暇もなかったそうだ。

母の逆襲

その母の意地が、父の衝突のけむりとなってそこから立ち込める、初めての夫婦のけむりである。

持参金もあったろうが、母は全く手を付けず、父の安月給から恥を掻かない程度の生活で倹約をし、貯金をしていった。

父はと言うと、兄嫁が母に変わっただけで、僅かな食費とタバコのけむりをくゆらせるだけの小遣いで満足だったたに違いない。

昔は「新婚生活」などという甘い日々がある訳がない。

相変わらず、父は機関車のけむりを吸って帰る毎日だった。

けむりの染みついた菜っ葉服〔機関士の制服（作業衣）〕を母は必死になって洗うが、なかなか汚れが落ちない、においが消えない。

父は必ず着る前に服のにおいを嗅ぐ。そしてまだけむりのにおいが残っていたら、洗濯のやり直しを命じる。几帳面で、とにかくきれい好きだった。

靴だけは自分でピカピカ磨いて出掛ける。

後に母に聞いたが、けむりのにおいを取るのは、並大抵ではなかったそうだ。

昔、ファブリーズなんてものはなかった。

「アデカ石鹸」という、泡の立たない硬い石鹸だった。

長男誕生・長女誕生

昭和十年、長男が生まれた。夫婦にとっても喜びはひとしおだったに違いない。

長男の名は父、政雄の「雄」を付けて隆雄と名付けた。

その二年後、長女郁子が生まれた。

その時の父の喜びは凄かったそうだ。

父は特に長女のほうを可愛がった。父はとことん女性に優しい人だった。いろいろと想い出すことがある。

姉がお嫁に行った後の、父の落胆ぶりは気の毒なくらいだった。増々暗く寂しそうだった。

しかしそんな感情、直接家族には一つも出さず、何の素振りも見せなかった。

次男誕生

その後父は、北見から斜里機関支区に転勤になり、北見を離れることになったのだが、一番喜んだのは母に違いない。

「あの」兄嫁から離れることが……。

そして昭和十七年、次男が生まれる。

名前は父、政雄、兄、隆雄の「雄」をとって「雄治」と付けられた。

その子は、赤ん坊の頃から目はぱっちりし、大きくなっても、美男になるのは間違いなく、母は「兄同様期待していた」と言っていた。

しかし父は、喜びの感情は表に出さず、真面目に乗務勤務に徹していた。父の乗務は泊まりも多く、家では、相変らずにこりとも笑わなかった。

暗い父のいないその日は、家族四人笑顔で、楽しい家庭だったと想像できる。

最近は特に、父親がいない日の方が家族が明るい、という家も少なくないと聞く。

次男の死

その二年後、母にとって最大の不幸な事件が起こる。

母の見てない所で、次男は長い金属の鋲(びょう)を飲み込んだ。医師は、咳をする病状から、隔離病棟に入院させた。

しかし医師は病名も分からないから、治療も満足に出来ず、昭和十九年九月八日、とうとう次男は息を引き取った。

母は自分の不注意を悔い、反省の毎日だった。

しかし、母に対する父の「けむり」は、想像を絶する噴火の如く、凄い「けむり剣幕」だったと思う。

次の年、昭和二十年二月十四日、三男の僕が生まれるのである。

母は次男を亡くしてしまったあとなので、男の子が生まれて欲しいとだけ願った。自分が死なせてしまったので、次の子はどんなみにくい顔でも、ただ、男の子でありさえすればいいと願ったらしい。

生まれてきた子は、母がいつも言っていたが、「お前は、本当に目っ下がりの、鼻ぺっちょのみったくなしだったよね」

「私の思った通り。でも半分は嬉しかったよ」

僕が大人になるまで、何度も言われた。

僕は三歳の時、難病に罹って長い入院生活を過ごし、幼少期は病弱で泣き虫坊主で、親を困らせたらしい。

しかし父は無口で短気。口より先に拳骨が飛んで来ることが多かった。

そこで僕は、子供ながらに知恵を絞った。

僕は泣きべそで有名で、そして病気がち。

父が拳を上げると同時に泣きわめく。父は仕方なく拳を僕の背中に回し、抱き上げてそのままトイレに僕をほうり投げ、鍵を掛ける。

何度も、それで殴られないで救われた。

それでも、物心ついて殴られることが四度ほどあったが。

親父の拳骨　その一

一つは妹が三歳頃、僕は五歳か六歳頃のこと。

妹は鼻をかめなかった。鼻の中から「フン」と息が出せないのである。

僕は気の毒に思い、練習させようとした。

まず、父のタバコの銀紙を丸めて、自分の鼻の両穴に入れ、妹の目の前でフンフン言って鼻から息を吹き出し、それを出して見せた。

妹はそれを見ていたので、真似をさせれば出来ると思い、それでも僕より小さく銀紙を丸めて、鼻の穴に入れた。

しかし、妹はフンが出来ない。「フンしろ、フンだ」と言っても出来ないので、指を入れて妹の鼻から銀紙を取り出そうとしたが、銀紙はだんだん鼻の奥に入っていってしまった。

妹は泣き出してしまった。取ろうとするとますます取れなくなった。

妹の泣き声で父が出てきて取ろうとするが、取り出そうとするとなお奥の方に入っていく。父は僕の方を見るなり、おでこに拳が飛んだ。なぜそんなことをしたと聞く前に、妹をおんぶして病院へ走った。

無事病院から帰って来た妹は、何事もなかった様子だった。父も何も言わず、いつものようにうつ伏せで本を読み始めた。

僕だけが額のコブをさわりながら、夜寝るまで考えた。でも痛いだけで何も分からないでいた。

親父の拳骨　その二

妹にまつわる話をもうひとつ。

ある日薄暗くなった頃、僕はスタンドの電気を点けた。もっと明るくなると思い、笠を取った。眩しいなと思い、電球に手のひらをかざし、隠すようにした。

わあ、自分の手のひらが透き通るようだ。「きれいだー」と叫んでいた。

そこへ妹が「何？」と言う感じで近寄って来た。

僕は「ほら、きれいだよ」と妹の手を電球に近づけたのだが、妹はいやいやをする。こんなにきれいなのにと、妹の手のひらを電球に押し付けた。

すると妹はすぐ「ぎゃー」と大声で泣き叫んだ。そこに父がいて、妹の手を見るより早く拳が飛んで来た。父は無言で、また妹を抱きかかえて病院へ行った。

今度は帰ってきた時、妹の左手が包帯でぐるぐる巻かれていた。僕が不思議に思って、聞こうとしても、怖い顔の父には何も言えないし、父は何も教えてくれなかった。

僕はただきれいなものを見せたかっただけなのに、と悔しい想いをしていた。

夜になって、姉が学校から帰ってきて、「馬鹿だなお前は」と言いながら僕に教えてくれた。

自分で触った時は電球を点けたばかりで、だから触ることができた。時間が経つほど、それはどんどん熱くなり、そこに妹の手を持っていったらどうなるか。「ばか」、そう言われてもピンとこなかった。やはり僕は馬鹿なんだ。

親父の拳骨　その三

僕が小学校四、五年生の頃、父は僕を映画や芝居によく連れて行ってくれた。

また、こんな田舎にも有名な浪曲家が来た。そんな時も、必ず手を繋いで会場へ連れて行ってくれた。

普段父は妹や姉だけ可愛がっていて僕は悔しがっていたが、その時だけは嬉しい気持ちで付いて行った。

浪曲家の名前はいまでも覚えている。広沢虎造、三門博、玉川勝太郎。よく聞いて、うなり声をマネしたものだった。

当時、ラジオで「浪曲天狗道場」という、のど自慢番組があり、浪曲家の相模太郎の司会で、勝ち上がると賞金が手に入るというものだった。

僕は浪曲の真似をしているうち、大人になったら自分もこの番組に出て、連太鼓を鳴らして合格して、小遣いを父さんにあげようなどと思っていた。

しょっちゅう真似をすると上手になるものだ。

学校の休み時間になると、僕バージョンの広沢や浪花屋のウナリが入る。同級生の大坂が、ほうきを横にして三味線の真似をして、「イヨー」と合いの手を入れ、僕が唄いだす。

ある日、今まで聞いたことがなかったが、珍しく父が「隆弘、大人になったら何になりたい」と聞いてきた。

僕は咄嗟に、父が喜ぶだろうと「浪花節語り」の「ナニワ」と言ったところで、頭の上に拳骨が飛んできた。

目から火が出た。いつもは何も言わずに拳を飛ばすのだが、父は初めてこの時理由を言った。

「浪曲家になるだと！　そんなつもりで育てた覚えはない！」

喜んでくれると思ったのに。物凄い痛さで涙がボロボロ流れた。

親父の拳骨　その四

その後の拳骨は、僕が六年生の冬の時だった。

相変わらず勉強嫌いな僕は、バレないため皆が寝静まってから机に向かって本を読んでいた。絶対教科書は開かない。

谷崎潤一郎の『痴人の愛』『細雪』。石川達三の『蒼氓』。これは第一回芥川賞受賞作品である。そんな本を一頁ずつ読みながら没頭していた。

少し寒いなと思ったら、石炭ストーブの火が消えていた。

火を起こそうと思ってもなかなか燃えない。

その時、担任の先生の家で火を点ける時、ベンジンを掛けて火を点けたことが頭によぎった。

僕は目に入った「エリモト」という、シンナー系のしみ抜き剤の瓶を取り出した。これを掛ければ燃える。咄嗟にそう考えた。

そしてストーブを開けて、石炭目掛けて「エリモト」を振り掛けた。と同時に瓶の口に発火。慌てた僕はストーブの周りに瓶を落とした。

揮発性だから、火は天井まで燃え上がる。

大変だと思い慌てて台所に走って、たまたま台所にあったバケツ一杯の水をぶっかけたから堪らない。天井一杯にけむりと炎が燃え広がり、僕は「火事だ！　火事だ！」と言って父の布団を引きはがすように起こした。

すぐ父は火の側に飛んで行って、鉄板で出来ている塵取りで炎をさらって金のたらいみたいなところに集めている。

僕は驚き慌てふためいているだけで、呆然と立ちすくんでいるだけ。少しずつ炎が小さくなってきたのを見て、凄い、なんて冷静なんだと思いながら父の姿を見ていた。そして塵取りで炎を小さくして拾い上げ、一ケ所に拾い集めた火は座布団一枚を犠牲にしただけで消えた。

父はストーブの台を掃除し、消えた「けむり」を冷静に、じっと見ていた。我に返った僕は謝るべく「父（とお）！」と声を出した時、ものすごい塊が目の上に飛んで来た。

「痛い。ごめんなさい」と言う間もなく、何故か嬉しさが込み上げ、幸せな大粒の涙を流していた。

父は無言で蒲団に入って行った。

僕はどのくらい泣いたか覚えていない。

この時ほど、父に対する尊厳さ、冷静さ、沈着さを目の当たりにして、あらゆる言葉を言い尽くし、長い時間泣いた日であった。

その日以来、父の拳は受けなかった。

親父の情熱

父は常に初動のための点検を怠らず、実直で冷静に、あのでかい機関車を動かしていた。

前輪から真っ白い蒸気を出して、そしてＣ58の長い煙突から、美しい純白といえるけむりを出す。そしてポッポーポ〜と、リズミカルな三拍子で汽笛を鳴らす。こんなことが出来る人なんだ。

僕は、父が乗務の機関車が引張る後ろの列車に乗って網走まで行ったことがある。到着まで発車、停車が六回ずつあるが、いつ発車したのか、そしていつ停車したのかも全く感じないうちに網走に着いた。

なぜこんなことが出来るのだろうと不思議に思っていた。ずっと聞かないでいたが、高校生の時に「父さんが乗る機関車には、客車四輌の他にいろんな種類の十数輌の貨物がついているよね。それなのになぜ音もなく、振動のショックもなく、発車、停車が出来るの？　一瞬のうちに何輌の汽車とか計算できるんだ？」

「バカだな。俺はお前と同じバカだから計算なんか出来るか！　長い間の訓練と勘だけだ」

父の仕事に対する情熱、真剣さは凄い。

子供の頃から見ている家の中での父は、ただ変わった人物であると思っていただけに、少し考えを変えることにした。

地下鉄でもバスでも、今の運転手に客の安全を第一に考えている人間はどれだけいるだろうか。

父はよく「客の命を預かっているんだよ」と何気なく言っていた。

父はまた、異常なほどの綺麗好き、几帳面な人間であった。仕事上は凄いと思うが、これは家族の中では困ることが多かった。

乗務から帰るなり、電灯の笠に手をやる。そして少しでも指に埃が付いてくると、烈火の如く、母に対して湯気を立てて怒る。

家の石炭ストーブは凄い。いつも機関車を磨いているように、埃一つなく、煙突はピカピカだった。ストーブに埃やごみが付着していたら、それが燃えて煙突側が赤くなり、火事になることもある。だからその煙突の中央部にチョークで月日が記している。必ず次回の掃除の時期を忘れないためだ。

だから煙突の中は煤（すす）がこれっぽっちもなく、仕事場のＣ58もいつも綺麗に磨くので、完全燃焼した真っ白いけむりが同じように出るのかも知れない。

父は家の中では、静かな男と言うより、家族の中に入ることなく、無口で暗い性格だった。うつ伏せになり、本を読んでいることが多く、頭の近くに灰皿を置き、白いけむりを燻らせていた。

親父の読書

父の読んでいる本は、当時の僕は訳の分からない本だと思っていた。

姉が源氏鶏太を読んでいるのを見て、父は「何でそんな低俗な本を読んでるんだ！」と言ったのを聞いたことがある。僕は本当に低俗かどうか、父の考えは違うのではと思った。

そこで僕は五年生頃から、森鷗外、芥川龍之介、国木田独歩などを流し読みした。しかしその歳では難しく、何のことを言っているのか、さっぱりわからなかった。

それでも谷崎潤一郎は好きで、『細雪』や、最もよく読んだ本は『痴人の愛』だった。それらを読んで、男とは情けない動物だなと子供ながらに思った。

母が、「父は機関士になるのが遅かった。それで下積み、いわゆる缶焚が長かった」と、ちょっと不満そうに嘆いていたことがある。

しかし僕は少し違うと思った。仕事に忠実に、誰にも誉められず、黙々と石炭を缶に入れる仕事をしていた。その経験が自分を主張することない仕事ぶりとなって表れ、上司に好かれ、部下からは慕われ、誰一人父を非難した人はいなかったのだと思う。

他人のことは絶対に悪く言わない。人の話は聞くだけだった。

だから僕の家にはよく人が集まった。機関区の中ではトップの支区長が家にしょっちゅう飲みに来たことも不思議に思っていた。

また別の日に、部下二、三人が「おばんです」と入って来る。そこで酒の席が始まると、そこに必ずと言っていいほど後から二、三人が集まってくる。五、六人の宴会だ。僕はいつになく、その時は父の穏やかな顔が見えるだけ嬉しいと思った。

一升瓶がゴロゴロ転がっていて、若い人達が父を中心に大声を上げたり、笑ったり、賑やかであった。

相変わらず父は、ただ部下の話を聞くだけで、母が酒の肴を出しながら、一滴も酒を飲まず若者の中に入り相手をする。

母は話題も豊富で、酒席も盛り上がった。

夜の十二時頃になる。そろそろみんな出来上がる。笑い上戸は止まらない。押入れに入って泣き止まない泣き上戸もいた。

僕が「心配だな」と母に言うと、母は「気が済んだらバツが悪くなって静かに帰るからほっときなさい」とのことだった。

その通り、それぞれの癖を出し切って家に帰る頃、父だけは姿勢を崩さず、タバコのけむりを出しながら、一人静かに盃を傾けていた。

全員タバコを吸うため、高い天井は白煙で全く見えなかった。

そんなタバコの中に居たため、僕もタバコは嫌いではなかった。

父と部下の話を聞いていて、僕のような勉強嫌いな人間は早く大人になりたいな、と思ったりしたこともあった。

父はタバコをくわえながら、いつも無表情で若い者の話を聞くだけだった。

みんなの笑い声でニコッとするだけで、何が面白いのかと思う時もあった。

ある部下の一人が上司のことで文句を言った。その時だけ父は口をはさんで、

「そんな話は、それぞれの立場があるんだから、その人のいないところで言ってはいけない」と言った。

父は絶対他人（ひと）のことは、言ったことがなかった。

その反面、家族、特に母に対しての態度は異常と思うことが多かった。

無口な父が、夫婦で何があったのか急に大声で叫び、火はついていないが重い火鉢を引っ繰り返し、灰がけむりのように舞い上がったことがあった。

最も危険を感じた時だった。

母に向かって火箸を投げ飛ばした。

それを母はひらりとかわし、箸は後ろの唐紙に見事に突き刺さった。驚きの光景だった。

僕はこの時、父親を本当に殺そうと真剣に考えた。そして母を想い、長い間泣いた。

しかし、その頃石川達三の『蒼氓』を読んだ後、すぐに小品文の『結婚の生態』を読解し、冷静になって考えた。

夫婦とはこんなものだ。子供は両親の仲など考えない方がいいんだなと思うようになった。

その後も母が亡くなるまで、外から見た夫婦仲は相変わらず良くなかった。

父は根暗で、家庭の中では孤独で、腹這いで本を読む傍ら、頭の方からけむりを燻らせるだけだった。

不思議な親父

僕と父とは変な付き合いがあった。

父は急に「映画行くか」と言ってくる。変だなと思っていると「行くぞ」と僕の手を取って映画に向かう。

観る映画は決まって〝チャンバラ〟。最後に必ず正義が勝つという内容だ。観た感想も決まって「ああ良かった」だった。

父の正義感がこんな所で表現されていたのかもしれない。浪花節に連れて行かれたのもそんなところだったのかもしれない。

嬉しい想いをしたことがある。

こんな田舎町にもキャバレー、料亭があった。子供ながらに、一国鉄職員でありながらこんなところに来る身分ではないと思ったが、どういうわけか客としてまぎれこんでいた。その日の客は父と僕が二人きりであった。綺麗なお姉さんが背中に当たるぬくもりを僕が独り占め。父はもくもくとタバコを吸い、一人で盃を傾けている。

僕は「可愛い」などと言われ、お姉さんの膝の上の柔らかさに気持ち良さ、女性の優しさを感じていた。

そして、見たことのない、もちろん食べたことのないメロン、パイナップル、バナナなど美味しい果物を口の中に運んでくれた綺麗なお姉さんを忘れることは出来ない。

なぜ父と子が不相応な場所にいたのか、不思議な気持ちだった。後で考えたら、やはり、それは母の作戦だった。小さな町で社交的な母は、商店主達と付き合いが深かったから、大人しい父を遊ばせてと、女将に頼んだのかも知れない。

僕を付けたのは母の考えか、父の照れか、いまだに分からない。

無口な父の照れがはっきりしたのは、これも母が消防関係者からいただいた招待券。それは祭りの催物が無料というものだった。

サーカスの空中ブランコ。地球儀みたいな中で、オートバイが爆音を立てながらくるくると走り回る。よく引っくり返らないなと感心する。

気持ち悪いロクロ首もいた。他にも気持ち悪いと思っていたものがいろいろあった。

最後に見るのは「大人のための」ショー。周りの大人の顔や目を見て、変なことが始まるのかなあーと思っていた。

ショーが始まる。周りの雰囲気が熱気を帯びる。僕も何だか変な気持ちになる。

そのうち、僕の下半身に変化が起きた。下着が異常に突っ張り、何となく、そしてどんどん気持ち良くなったことが恥ずかしいので周りを見回した。それに気づいたように、父は無表情に「帰ろう」と言って手を繋いで帰った。

家に帰ったら母が居た。「どう、面白かった?」僕は「うん」としか返事が出来ない。困ってしまった。

こんなことが三年程続いた。だんだんショーの意味が分かって来た。

中学に入って二年生の頃、父に十円札を四枚渡され、タバコを買いに行かされた。四十円の「シンセイ」を買って父に持っていくだけだった。

父はこれを本当に旨そうに呑んでいた。おかしな気持ちになり、僕もやってみたいと思い、タバコの袋の後ろを丁寧に開け、一本取り出し、分からないように失敬した。

さっそく試してみたが、喉が強烈に痛く、苦しく、涙が出た。苦しくて痛くて、何でこんなもの呑むんだ、と思った。

昔の人はタバコを吸うのではなく、出したけむりを口に呑み込んでいた。

こんなもの、二度と厭だと思ったが、興味を捨て切れず、二回目は口に含んですぐ口をすぼめてけむりを吐き出した。綺麗なけむりが出た。

何回か父のタバコを一本ずつ失敬したが、段々父のけむりに似て来た。本当に嬉しく、その頃にはすっかりタバコが旨いと思うようになっていた。

父はそんなことを知っていたのか、今となっては聞くことも出来ない。父の方から一度も言われたことはなかった。

親父と二人旅

父は同じ機関区の中だけで三十年の永年勤続で表彰された上、長期休暇が与えられた。

その時、僕は小学五年生の夏。最初で最後の父子旅行だった。

山形への旅だった。石北線、函館本線、そして日本海を通って山形へ向かう汽車の長旅だった。

旭川を過ぎた頃、専務車掌が父の前で敬礼をし、父に「松田様、長い間ご苦労様です。ここにお座りは困ります。ここから二等車にご案内致します」と言った。

僕は二等車が初めて。三等車と違って臭くもなく、クッションも良く、嬉しくなってはしゃいだ。

三等車と二等車の違いを初めて経験したのもその時だった。そして父に対し、改めて凄い人なんだなと嬉しくなった。

青函連絡船の船内もまた、綺麗な、広い部屋だった。

陸路青森から、山形の東根町に着き、父の実家に向かった。

父の実家は三日町の中心の商店街。馬喰の祖父が築いたんだろう、家も広かった。道路側には父の長兄が大きな精肉店を開いていた。

現在は、その長男、僕の従兄である政美さんが、ますます幅広く広げたらしい。

食事は朝から三食共、牛肉が出て凄かった。

でも三日もすると少し飽きて来た。

庭先には池があり、静かに波立っているのが目に入る。そこに錦鯉が泳いでいる。

北海道の僕には初めて見る光景だった。

父の実家は凄い金持ちなんだと思った。

母の実家も訪ねた。聞いていたがここもでっかい家だった。屋根裏が高く広いのには驚いた。

農家のお家でトイレは外にあった。夜中に起きて案内されたのだが、トイレは台所の横を通って歩いていくと、鼻息の荒い何かに気がつく。目を凝らすと、なんとそこに二頭の牛がいた。「モー」と言う挨拶はなかったが、牛が家の中でトイレが外か、変だなと思った。

今は建築家になって新しい家を発見する毎日だが、家相上の問題で、トイレを外に持っていったのかな、などとも思った。

次の日、僕たちが北海道から来ていると言って、たくさんの親戚が駆けつけて来た。大人や子供で大勢になった。

おじ、おばがそれぞれ自己紹介してくれるが、大勢過ぎて、とても覚え切れない。

それでも「遠い所、ようござりゃしたなすうー」「たんとくわしゃいすー」の大人の言葉は大体分かった。

そのうち、五、六人の子供達が来て、遊ぼうと言ってくる。

子供達の山形弁は早口で、遠い国のような言葉で、何を言っているのか全く分からない。

少し遊び疲れていると、別の町から、おじやおばが駆けつけて来てくれた。

驚いたことに、みんな口々に「ダッターシーが来ているんだって。ようござりゃしたなすー」「ようござりゃしたな（よく来てくれたな）」は分かるとして、「ダッターシー」という山形弁が分からず、面食らって首を傾げていると、母の姉が「ほら、お前が三つくらいの時にここさ来て、ほら、だったーしー、だったーしーをして、それは可愛いと言って喜んでくれたんだよ」と言う。

僕が三歳の頃、三三七拍子の掛け声で、「ダッターシー、ダッターシー、ダッターシーったらダッターシー」などと、応援団の真似をしていたらしい。

そんな調子者だったんだと、本人が一番ビックリした。

父は相変わらず、その農家で作ったタバコのけむりをくゆらせ「ああ、そうかい」「そんなことがあったね」と無表情に話していた。

八日間、山形の東根、最上などに滞在し、桃（水蜜）とか西瓜、メロンなど、毎日美味しいものを食べて帰った。

仙台から東北本線で青森に着く間、黒石付近で、急ブレーキで列車が停まった。
父は「うむ、これは人を轢（ひ）いたな」
僕は「なぜわかるの?」
父「うん、ブレーキの音と制動時間だ」
僕は凄いなと思った。そして窓から顔を出して下を見た。前方に人が倒れているのが見えた。本当だ、父の言う通りだった。
何と答えるか心配だったが、僕は父に聞いてみた。

「父さんは人を轢いたことあるの？」

「無事故だよ」

「そう、凄いね」と言ったら、

「それでも踏切に信号がなかったり、遮断機がなかったりして、父さんの走る釧網線は事故が多いんだよ」

「でも無事故だよ」と言ってタバコを吸っていた。

そんな会話をしていると幸せになった。

今までこんなに長く話したことがなかった。

この旅は、自分にとって有意義で、父の一面と言うより全てを知ることが出来たような気がした。


しかし家に帰って来たら、相変わらずうつ伏せで、タバコのけむりだけ美しくくゆらせる毎日に戻った。

家族の中では口もきかず、全く笑いのない人に戻ってしまった。

しかしながら、父を訪ねて僕の家に相変わらず人が集まってくる。

呑みながら若者の話を聞くだけの人だったが、どうしてこんなに人が訪ねてくるんだろうと思った。

その後中学、高校と進んでいったが、もう、父との関係は何も起きなかった。

父は相変わらず、純白の蒸気、美しいけむりをたなびかせ、リズミカルな、ポッポーポワーの、三拍子の独特の汽笛を鳴らしていた。

そして列車の停止、始動のショックが全くないのは父の誇りだった。それも黙して語らず。だから凄いんだと思う。

何の自慢もなく、ひたすらC58を静かに動かして、定年を迎えた。

親父の病気

ある日突然、父は左目の視力を失った。

機関士である父は、左側の運転席から忠実に左側顔面を窓から出し、ずっと前方を直視し、制動桿を握って、四十年間働き続けた。その代償にしては余りにも惨いことと思う。

父は札幌の鉄道病院に半年間入院した。珍しく冗談を言って病室の人達を笑わせた。

「あとの半年寝て暮らせとか」と言って、原因も分からず、治療法もなく、定年を迎えた。

左目だけ見えない。しかし片目があるから大丈夫、と呑気なことを言っていた。

その後僕が大学を出て、建築家としての第一歩という時、徹夜続きで仕事をし、体を壊してしまった。

真夏に向かい、暑さも厳しくなる。主治医が「田舎が北国？　じゃあ涼しい北海道で療養した方が良い」ということで、ボスの命令で、七月から体力が元に戻った九月頃まで、実家に帰った。

すると父が、「右目も悪くなって来た。全く見えない」と訴えてきた。

左目のこともある。職場復帰する時期になって、僕が帰京する時一緒に、そして母も連れて順天堂大学病院眼科の名医を訪ねた。

検査の毎日。しかしその先生、全く病因が発見出来ない。そこで、その順天堂の先生が週二回程診察に行っているという東京清瀬の眼科病院に入院した。そこの院長は、タケタニ・ピニロビというドイツ人の女医さんだった。

父は、「絶対良くならない、こんな所（田舎）に入院させて」と母を責め続けて、母が帰るのを許さなかった。

母も、札幌に住む僕の兄嫁のお産の手伝いとか、また仕事もある。

僕は、母に北海道に帰ってもらうように父を説得しようとしても、いつものように母にだけ当たり散らす始末だった。

父は「こんな病院へ突っ込んで帰るのか！」と言い続け、母は次の日、後ろ髪を引かれるようだと泣き続けて北海道に帰っていった。その後ろ姿は決して忘れることは出来ない。

その後二、三日、父は僕にも悪態をついたが、何とか落ち着かせ、無理矢理入院を続けさせた。

治すと言った手前、父を見知らぬ土地に一人きりにさせたのは僕にも責任があると思い、毎日、東京丸の内のオフィスから父の入院先の清瀬に行って、時には下着なども洗い、池袋駅に戻って東武線に乗り換え、自分のアパートがある朝霞へと帰るということを続けていた。帰宅は十二時を回っていた。

体力的にはきつかったが、父とこんな頻繁に会うこともなかったから、今までの恩返しと思って、三カ月間、一生懸命お世話をした。

すると僕はお医者さんや看護師さんから「親孝行息子」と評判になった。それを父が一番喜んでくれたと思う。

しかしその頃から、父は耳も遠くなり、タバコのけむりで上手に円を描き、ポンポンとけむりで遊ぶくらいだった。

僕もどうして良いか分からず悩んでいたものだ。

二カ月を過ぎたが、一向に目は良くならず「見えない」を連発する。更に耳も聞こえなくなってきた。当然心細くなっているのが分かる。

そして見舞いに行く度に「帰る」と連呼する毎日。「孫の顔が見えなくなる。どうするんだ！」と怒り出す。まあ、そう言うのも無理もない。

十二月二十日、妹を呼んだ。それだけで父は明るくなり、喜んでくれた。

十二月末、N響の第九に誘ってみた。目も耳も不自由でそんなところ行く訳ないと言うだろう。それでも何度も僕が「一度行って、聴こう」と言ったのだが、父は「俺は行かない！」と、やはり頑として聞かなかった。

ところが院長先生に、「近い内に退院させるから聴いておいで」と言われ、父は渋々コンサートホールに連れられていったが、冒頭から最後まで聴いてくれて、何も言わないが、満足してくれたに違いない。


年明け一月十日頃、やっと父は全日空で帰ることが出来るようになった。その一週間前、旅客機と自衛隊機が雫石で衝突し落下したのを知っていたらしく、「俺を殺す気かい」とそんな冗談も出る程、帰るのが嬉しかったに違いない。

羽田で父を見送る時、頑固で家族の中ではいつも孤立している父の姿を想像すると、いたたまれず、涙を流し見送った。

そして「今一番弱い人間を返す。みんなで大事にしてあげて下さい」と、何度も何度も同じ文章の手紙を家族達宛に書いた。

父は雪解けの頃にはすっかり元気になったが、目も耳も悪いので、なおさらわがまま放題になったらしい。

家ではさすがに物を飛ばさなくなったが、母とのいざこざは絶え間なく、口論が激しくなったという話も聞いた。

しかし外で父を見かけた人は、小さくて腰も曲がって、人様から見れば可愛い良いおじいちゃんだった。

不自由は変わらないが、父も自分なりに工夫し、中心の部分は見えないが、両サイドからかすかに見えるようで、落ち着いた生活に戻ったそうだ。持ち前の勘の良さも随分持ち直すようになった。

両親が元気な頃

僕はかねがね考えていたことだが、両親に感謝を込めて、僕の家族と五人で、海外と言っても香港旅行だが、招待した。母は喜び、父は静かに微笑みを湛えた。一九八四年の秋のことだった。

この頃の香港はまだまだ発展途上であったが、高層ビルを見たり、一〇〇万ドルの夜景を楽しんだりしてくれた。

当時十歳ぐらいだった僕の娘（父の孫）を中心に楽しんだ旅行は、家族だけのパーティーのようで、ちょっぴり親孝行が出来たのかなと思った。

その後も、両親に札幌に移り住んでもらい、出来る限り兄、姉、妹が普段の世話をしていた。

僕も可能な限り子供の一人として、両親を僕の横浜の自宅に呼んで、世話をしたつもりだった。

たまたま僕の家には南西側の角部屋があり、大きな窓で明るく、そこを両親の茶の間にしてもらった。続きの間は茶室でちょっと狭いが、寝室として使ってもらった。

気になっている父は、母には相変わらず甘えているのだろう。表現が下手だから、他愛のないことで口論が絶えなかった。

そんな状況を想い出す。今は懐かしいと思うだけだ。

両親が僕の家にいる時、僕が仕事で夜遅くなって帰ると、母は必ず顔を出した。僕を待つのが楽しみだったような気がする。

「ずいぶん遅くまで仕事かい。毎日大変だね」

そこでお茶で一服しながら、座り込んで何時間も昔話を仕掛けてくる。

僕は子供の頃病弱だったから、母は過剰なほど面倒を見てくれた。ひ弱で内気な男の子を積極的に活発な人間にするため、必死だったらしい。学校まで行って、担任の先生に頼み込み、あらゆる手段で、先生と一緒に作戦を立てたと思うことが多々あった。

「僕のような消極的な人間を」「今となって有難いと思っているよ」と言って聞き出すことがある。

母は必ず、「そんな面倒なことをやるわけない」「お前が自分でやったことだよ」、最後は「わしゃ知らん」と、とぼけていたが。

いつも強い口調だったが、心から優しい、本音で教えてくれた。その教えは大学ノート一冊にはとても収まらない程である。

それに比べて、父から受けた教えは口では言い表せないと言うより、口より拳骨が飛んでくるばかりだった。

僕は痛くて涙を流し泣きじゃくったが、思い起こすと、父はくどくど謝る時間を与えなかった。その時はただ悔しい気持ちでいっぱいだったが、謝られると、優しさや同情心が出てきてしまって面倒だったのかもしれないと後々考えた。

父は長い間の機関助手時代を無駄にしていなかった。ずっとピストンの往復運動を考え、長い缶焚の時間をただ黙々と過ごし、その豊かな経験を生かし、機関士としては完璧に職務を全うしたに違いない。

線路に近いところにあった我が家からよく見える、機関士席に座る父の姿は、凛々しく、真剣そのものであった。

緊張の連続である乗務は大変だったと思う。

だから、帰宅して母に当たることが多かったのだろう。

しかし口論の絶えない夫婦ではあったが、お互い分かりあっていたからこそ六十年間を一緒に過ごしたに違いない。

父の親切心は計り知れない。その優しさはさりげなく、目立つことがない。

そう、想い出した。珍しく電車で出掛けた時のこと。両親の甥、つまり僕のいとこの家に案内した時のことである。

帰りの電車の中、混んでいたが父母を座らせることが出来てほっとしていた。

父はすでに目も耳も不自由で腰も曲がっている。当時八十六歳のれっきとした障害者である。

しかし父の側に微かに見えたのか、お腹の大きい女性に父は席を譲ったのである。

彼女が遠慮したのは当然であった。しかし父は無理矢理女性を座らせたのには、周りの人、誰もが驚いた。

自分のことより他人を想う父。僕はこれ程の父には及ばないが、今の僕の心の中には、相手を想う心が少しは入って来たかも知れない。

父から受けた教えは、言葉にはない。

想い出すと懐かしいことばかり。

目の上に浮かび上がる。

そして痛いはずの鉄拳の四つは強烈だったが、想い出すほど不思議に嬉しく、「ありがとう」とためらわず口に出るのだ。

そして、黙々と出す純白の親父の「けむり」に感動、そして感謝。

だから僕は生きる。

だから僕は真っ直ぐ生きることが出来る。

第二章　闇

悪臭と毒ガスを含んだ真っ黒いけむり

第一章の「親父のけむり」は、汚れのない純白で、石炭を公害と思いたくないほど、人のため世のためために完全燃焼をさせ、清く美しいけむりを出す僕の父のことである。

第二章の「親父のけむり」は、どこまでもどす黒い、松の木にコールタールを塗り付け燃やし続けたような真っ黒いけむり。周囲の人にこれほど迷惑を掛け、けむりを噴出した人間はいない。

しかし本人は無頓着。人のことなど考えず、関係ないと嘯(うそぶ)くだけだ。

自分さえ良ければいい、妻や家族のことも関係ないから驚きだ。

ここから、極悪な親父の噴出する「けむり」のことを始めよう。

世渡り上手い親父

この親父、一九六〇年代は商社勤務だった。

その後、口藤発条、松川工業を経て、藤工業の山岡氏の世話になり、仕事を含め全てを教えてもらう。そして何事にも最もお世話になった王月さんという方のことでさえ、その後は一切知らんぷりするような勝手な人である。

人相は温和で人なつっこく、話し方はソフトだから最初の印象は好感触。彼に頼まれた人は、嫌と言う返事が出来ないように頼っていく。そして、うまく立ち回る。

実に入り方がうまい。

だから一緒に仕事を始めた人、仕事に好都合な人達にはあらゆる方法を考え、上手く付き合う、それは見事なものだったらしい。

しかし自らの仕事が順調に流れるようになったら、世話になった人はすでに鬱陶しくなるらしい。そこですぐ離れて捨ててしまう。よくそんなこと出来るもんだ。いとも簡単にポイ捨てをするらしい。

ポイ捨て名人

何人もそんな目に遭った。

そのような人達は皆、社会的地位が高く、世間のことについても達観しているため、この親父を恨むような暇人はいない。

それをいいことに、次から次へ同じことを繰り返す。

不思議なことに、この親父に何を言っても無駄と思っているせいか、誰も意見をする人はいない。

新会社設立。「おかげさま」はなく

一九八〇年代、株式会社ハマ精工を設立。

筆者はその時、設計者として初めてこの親父を紹介されたのである。

やはり第一印象は、明確な言葉、しっかりした目標を掲げ、姿は頼もしく、好印象を受けたのである。

本社と工場の設計依頼で、そのビルの規模は、鉄筋コンクリート造四階建て。五〇〇坪を超えるものだった。

要望は、まずクリーンルーム、人荷両用の昇降機、そして四階の半分を屋上庭園にしたい、というものだった。

あとは、「プロの先生に任せる」と言って、プランの要望は明確で、仕事のやり甲斐があった。

工期と予算は厳しかったが、十分満足していただいた。

当時は本当に、彼のことを人格者と思ってお付き合いをしていた。

しかし、落成式の時にきな臭い「けむり」が立ったことを思い出した。

盛大な落成式であった。

出席者が凄い。県や市の議員さんたちが次々に挨拶をされ、僕も設計者として述べた。

親会社、世界的に有名な大手のＮＯＣが来賓としていらっしゃっているはずだ。

ＮＯＣのおかげで、初めて大きなビルを建てられたはずである。

僕の挨拶が終わり「あれ、ＮＯＣの方は？」と社長に言った。

社長は「それはいいんだ」と、出席のＮＯＣ課長をつかまえて「こんな立派なビルを建てたから、今までの三、四倍は、仕事をくれなきゃ」と、とんでもないことを言う始末だった。

まず、「おかげさまでありがとうございます、今後とも宜しくお願い申し上げます」

こんな挨拶が最低限だと思うのだが。

きっと、親会社のＮＯＣに猛烈なけむりを吹きかけ、怒らせてしまったに違いない。

僕の父だったら、人には親切に、いつも謙虚で、「おかげさま」とは決して口には出さないが、態度で分かるはずである。

自分の出す純白のけむりでそれを表していたと思う。

ところがハマ精工の社長は、謙虚どころか、ＮＯＣの製品を横流しまでして、見つかってしまったのである。

当然、ＮＯＣからの仕事はストップ。

とうとう一年後、ハマ精工はビルごと乗っ取られたらしい。

しかし自業自得だ。仕方ない。

倒産、そして助け船

社長が途方に暮れていた時、そんな困った会社に手を差し伸べて助けてくれる会社があったのだ。

それは横浜の「株式会社三和製作所」と言って、宇宙開発の仕事で有名な会社であった。その三和製作所から、親父は古くて小さな工場を与えられた。仕事も紹介してくれる、面倒見の良い、仏様のような会社である。

再度「会社設立」

親父の会社は三和製作所のおかげで仕事も多く、順調に伸びて来たところで、再び「ゼネル工業」という会社を設立した。

三和製作所の隣の土地も紹介され、本社工場も建てた。

同時に仕事も紹介された。

紹介された仕事の親元は、日本カートンという一九一五年設立、資本金七十四億円の大企業である。

そこからの仕事を、三和製作所を通してもらっていた。それで親父の会社も順調に伸びて、軌道に乗り始めた頃であった。

しかしその頃、得することは成せば成る。なんと親父はいわゆる「頭越し」、三和製作所を抜きにし、日本カートンと直接取引を始めたのである。

どんな業界でもこれはルール違反、許されることではない。

世話になりっ放しの三和製作所を出し抜いて仕事を始める。

とんでもない親父だ。はき出すけむりはグレーでもなく、どこまでもどす黒いけむりだ。

義理人情の一欠片（ひとかけら）も全くない人間としか言いようがない。

そんな生き方が当たり前だと思っているから、反省するはずもない。

何でも通ると勘違いして、自分に意見や反発する人は辞めてもらう。

全て意のまま、気の向くまま生きて来た。

新会社が軌道に乗った頃、社長が横浜の自宅から千葉に毎日通うのは不便だと家族に思わせ、千葉に別宅を設け、他の女性と同棲し、楽しい生活を送るようになった。

昼間はゴルフ三昧。ゴルフは当然、ハンデはシングルの腕前。

身勝手な生活をしていた罪滅ぼしのつもりか、横浜の自宅を建て替えた。

その後予定通りかどうかは別として、息子に会社を譲り、自分は名ばかりの会長として会社をほっぽり出した。

社長を交代する前に、息子に仕事も、人付き合いも、世の中のことも教えなかったため、全く何も知らない、名前だけの社長が誕生した。

だから二代目はやりたい放題。悪いところだけ親父のマネをする、典型的な「ダメ二代目」になってしまった。

しかし会長は人に意見を言えるような生活をしていない。もちろん社長はこんな会長の言うことに聞く耳を持たない。

まあ、人に助けられ、人を利用しただけの人だから、自分の考えというものを持ってい

郵便はがき

料金受取人払郵便

新宿局承認

7553

差出有効期間
2024年1月
31日まで
(切手不要)

1 6 0-8 7 9 1

141

東京都新宿区新宿1－10－1

(株)文芸社

愛読者カード係 行

|||||||||||||||||||||||||||||||||||||||||||||||

ふりがな お名前		明治 大正 昭和 平成 年生 歳
ふりがな ご住所	□□□-□□□□	性別 男・女
お電話 番 号	(書籍ご注文の際に必要です) ｜ ご職業	
E-mail		
ご購読雑誌(複数可)		ご購読新聞 新聞

最近読んでおもしろかった本や今後、とりあげてほしいテーマをお教えください。

ご自分の研究成果や経験、お考え等を出版してみたいというお気持ちはありますか。

ある　　ない　　内容・テーマ(　　　　　　　　　　)

現在完成した作品をお持ちですか。

ある　　ない　　ジャンル・原稿量(　　　　　　　　　　)

書　名			
お買上 書　店	都道　　　市区 府県　　　郡	書店名	書店
		ご購入日	年　　月　　日

本書をどこでお知りになりましたか?

1.書店店頭　2.知人にすすめられて　3.インターネット(サイト名　　　)

4.DMハガキ　5.広告、記事を見て(新聞、雑誌名　　　)

上の質問に関連して、ご購入の決め手となったのは?

1.タイトル　2.著者　3.内容　4.カバーデザイン　5.帯

その他ご自由にお書きください。

(　　　)

本書についてのご意見、ご感想をお聞かせください。

①内容について

②カバー、タイトル、帯について

弊社Webサイトからもご意見、ご感想をお寄せいただけます。

ご協力ありがとうございました。

※お寄せいただいたご意見、ご感想は新聞広告等で匿名にて使わせていただくことがあります。

※お客様の個人情報は、小社からの連絡のみに使用します。社外に提供することは一切ありません。

ないのかもしれないが。

この親父は、事業にしても、工場経営にしても、本気で素晴らしいけむりを出したことはなかった。

仕事に対して完全燃焼し、心を開いて人に正直に接したことはないのだろう。

真剣に生きるというより、上手に世の中を渡り歩いただけに過ぎない。

自分に得だと思うとすり寄って、最終的に自分が手に入れる。

だから簡単に他人に自分の会社を渡したくないという理由だけで、息子に会社を継がせた。会長職として口は出さないが、金だけは確保という、旨い話があるもんだ。

息子には、仕事のこと、専門的なことを十分教えてから会社を譲った訳ではない。

ましてや、会社経営の大変さも教えていない。最も大事なことは、人のこころだ。銀行等の融資などは引き継がず、社員とのまともな雇用関係など、分かる訳がない。

他人に会社を譲るより、何も知らない息子へと放り出したのだ。


その頃、僕も一つの会社を娘婿に譲る時、僕が悩んで会長に相談したら、その会長が言った言葉を思い出した。

「譲ったら放っておけばいい」

そういう無責任でいいのだろうかと、その時は、僕の仕事は放っておく、そんなわけにはいかないと思っていた。

しかし、今考えるとその意味がよく分かった。

会長職の金だけをもらって代表権があるはずもなく、女、ゴルフに明け暮れている会長が、会社に意見を言えるわけがないんだなあ。

言おうものなら親子取っ組み合いになり、真っ黒なけむりが立つらしい。

親父と対立する二代目

親子対立が激しいこのゼネ精工が何故安泰かと言うと、会長の親父が、親会社の株式会社日本カートンのベテラン社員を自社に引き抜き、その一人の技術を頼って仕事量を伸ばして来たからとも言われている。

他の職員、特に上層部の社長、工場長の二人は全く仕事が解らない。

仕事に口出しでもしたら自分の無知がばれる。だから少しでも他の同業会社より給金を多く出すこと。そうすることにより社員や職人も良く働くはず、という考えでやっている。

これは、顧問税理士から「それしかない」と聞いた話である。

しかし、今は親会社の元社員が全て仕切って安心の製品が出来ているが、それにばかり胡坐をかいていると、その元社員が「けむり」を出すような造反を起こす。事が起こったらたちまちこの我儘な社長達は、引責に追い込まれる。その方が良いとも思うが、訳の分からない社長、工場長が頑張れば頑張るほど、倒産が早いだろうと思う。

それほどこの二人は物分かりが悪いと言うことだ。

この二代目は仕事のことはもちろん、世の中のこと、人との付き合い方は元より、ろくな口の利き方も知らない。全てタメ口、どうして社長が務まるかなと思うが、全ては大企業、日本カートンの後押しがあればこそなのだ。

口も利けないから、他の会社とは全く付き合える訳がない。

何も知らないまま年月だけが過ぎ去る。

この二代目、非常識極まりないだけでなく、他人を人間と思わない。社長（自分）は誰よりも偉いと思い、他所者を下に見る癖があり、怒鳴り、喚くことが日課らしい。

部外者から会長に「意見してください」と言ったとしても、会長が社長に意見をしようものなら大変なことになる。まあ、会長がゴルフ三昧と不倫生活を楽しんでいるためか、息子の社長に何も言える訳がないと言うところか。

黙って、けむりを出すこともなく、発言力のない職に留まり、金さえ入ればいいんだろうな、と思う。

世間知らずの二代目、終焉は近い

社長はますます上から目線になり、狂暴になり、手が付けられない状態になった。

社長として絶対言ってはいけない言葉、「俺は客だよ、お宅の思い通りにならないよ！」という最悪の発言もする。短気な性格そのまま、真っ黒いけむりを出して、「お願いの文章」であることも理解できず、勘違いして脅迫してくる。

なんでも言い放しで、理論も常識もなく、行き当たりばったりで、相手にけむりを出して脅かすだけである。そんなことで社長業が務まるのがおかしい。

二〇一九年のある日、そんな二代目から電話があった。

「工場を増築したい」

僕も一つの施工会社を娘婿に譲っていたため、その時は会長の言う通り二代目同士の仕事として立ち会ったが、これは先方の希望通りにはならないなと思っていた。

会長が僕に目配せした。僕を会長室に呼んで、「何とかなるよね」と仕事を受けるように頼まれた。

しかし僕は「現状の土地では、計画建物は無理でしょう」と答えた。

その後何カ月かが過ぎ、社長から電話がきた。

「隣に新しく土地を買った。設計してくれない？　いつ来られる？」

と、ため口でしか物を言わない変な奴だ。

僕は嫌だなあと思っても、会長室での話もしたことだし、行かなければならない。

しかし油断してはいけない。最も自分と合わない人間と仕事をするのだ。

カッとなったら本人も何を言っているか分からない。怒鳴り始めたら周りが全く見えない人間なのだ。

息子は、やはり真っ黒なけむりだった。

それでも、八月二十日から二十二日まで地鎮祭が出来る整地が終わってほっとした。

しかし、工事を開始するには、まず契約を終えなくてはならないなんてことも全く分かっていない。

二十三日、ようやく契約書に調印したが、実際自ら何をすべきなのかも分かってない。

その後、八月末から着工するということになったが、契約の意味も分からないので、契約金を支払うことも分からない。

調印とは何か、小学生でも分かるだろう。会長の親父は、こんな常識も教えないまま息子に会社を引き継がせたのだ。まったくとんでもない人間だ。

しかし、こちらも仕事を受けた以上、工程通り進めないと予定通り完成出来ない。

だからこちらがお膳立てをし、契約書の工程（予定）通りの施工をする。購入した敷地内を調べる。普通、買い主は購入前に調査しているはずだ。それがルールだが、やはり全くチェックをしていない。敷地の中にはＬＰガスボンベ六本、消防用ホース三本、その他スチール缶や壊れた電気製品等、諸々続々出て来た。荒地そのものだった。

最も困ったのは、アシナガバチの巣が二十個もあったことだ。うちの職人一人が十数か所も刺され、病院へ運ばれた。

職人不足の折、八方手を尽くして確保し、次の土工事も予算を掛けないように、整地するまでは難航したが、職人一人一人と話し合いながら、なんとか進めてきた。

八月二十三日、社長は地鎮祭の日程を決めただけで、後は何をやるか何も知らない。しかしその日にちまでに、こちらはきちっと整地しなければ地鎮祭ができないのだ。

しかし、社長にそれまでの苦労話を説明すると、面倒臭さそうに「いいから、いいから。先生に任せたんだから」と、話の途中までも聞いてくれない。

「いいから、いいから」のセリフに何度も悩まされた。

現況の駐車場をカットし、敷地を広げる必要があるため、車の移動を八月十七日、「お願いします」という手紙を夏休み中だったのでポストに投函した。

しかしこちらの「お願い」という文書を理解出来ないのか、読んでいないのか、無視をする。

これに限らず、返事をくれたことは少ない。地鎮祭まで四日しかないのに。

困ったなと思っていると、社長は急に二階から降りてきて、

「俺は客だよ、そっちの都合で車は移動できない」と言った。

僕は「違う、こっちはお願いをしたんだ」と言っても、社長は聞く耳を持たない。怒鳴って脅して二階に上がっていった。間違っていると気がついても言い直せない器の小さい奴だ。

しかし二十日、次の日には現場の中に車は一台も入ってなかった。社長が駄目でも気がきく人間も中にはいるのだ。


何度もあったことだが、社長に図を見せて説明するも、面倒臭がって途中から「いいからいいから。先生に任せる」と言って、図面を丸めるようにしてデスクに持って行く。時間がない訳ではないのだが、見る、聞く、そして説得させられるのが嫌なのか、全く人の説明を聞かない。

工事も地縄、杭工事、土工事で根伐、ステコンまで進んだところで、ようやく十月から消費税が二パーセント上がると分かって、九月末になって契約額を振り込んで来た。

こちらは職人や協力会社に無理を言って工事を進めていたので、物凄く不安だった。

突然の入院、そして……

二つ目の大きな台風に影響されたが、職人たちの協力の下、十月末、工程通り基礎を完了させるコンクリート打ちが完了した。

基礎が終わって一段落。ほっとしたのか、僕は十月三十日、これまで体調に変化がなかったはずだが、相当無理をしていたツケが回って来たのか、その日の夜、急に倒れ、寒さに震えながら寝込んでしまった。

十一月五日になると真っ直ぐ立ってもいられず、夜半に急遽入院することになる。それからしばらくは自分のこともはっきり覚えていない。一カ月経過した時に初めて意識が戻った。

病名は髄膜炎、認知症。抹消神経麻痺により膝から下が全く動かない。車イスの生活で毎日寒さに震え、口も開けないため食事も出来ない状態だった。何度も仰向けに倒れそうになり、転倒リスクとも記されている。

ベッドから落ちないように、胸、腹、足を三本のベルトで縛られた。病院のベッドが針の筵のようだった。

一カ月も過ぎたある日、主治医が診断書を持って来た。そこで初めて自分の病名を意識した。十二月五日、急に現場が気になり出した。まだ下半身、膝下の感覚がない状態だった。

その日、主治医に今年退院しますと申し出た。

「無理。食事も一人で出来ないし、車椅子に乗せるのも二人掛かり。四月までムーリ」

と、主治医はそそくさと出て行ってしまった。

十二月六日、リハビリのスタッフに頭を下げた。

「どうしても退院しないと現場が動かない、お願いします」

スタッフが言った。

「今まで何一つ言うことを聞かず、逆らってばかりだったじゃないですか」

「今から全てやります。リハビリ何でもやります。心を入れ替えます」

と言って、死に物狂いでリハビリに励んだ。

そして担当者のおかげで奇跡的に快復し、十二月十九日、退院した。後で考えても、これは自分でも何が起きたのかと驚くほどで、あり得ないことだ、奇跡以外の何ものでもない。

やはり工事の現場が心配で、早くカムバックしたいという一心だったのだと思う。

入院中のおよそ二カ月、僕の娘婿は必死に代わりをやってくれたと思う。

鉄骨の建て方、壁の立ち上がり、屋根、サッシと、工程通り工事は進んでいた。

そして設計通り、契約通り、工事を行っていた。

全く支障はなかった。

しかし、そこでとんでもないことが起こった。

素人の工場長が、契約書も設計図も見ない（見られないのかも知れない）。

口から出まかせ、自分の思うまま、強い口調で怒鳴りつけてくる。契約書通りに、施工図通りに施工しているんだと返事をする前に、怒鳴る勢いが並ではないのだ。

驚いた娘婿が契約書を改めて見る間がないくらいに、工場長は矢次早に声を荒げたらしい。

工場長の毒けむりは凄まじかったらしい。

素人（工場長）の言うことは、建築でやってはいけないことばかり。それでも危険を感じるほど威圧してかかってくるので、やらざるを得ないことばかりやらされた。

半月もしないでコンクリート打ちっ放しの設計のところを塗装させる。アングルのハンダ付けも完全に補修が終わらないうちに塗装をさせられた。何とも言いようがない。絶対にやってはいけないことなのだ。

ＡＬＣ版は気泡コンクリート版と言い、ムラがあるのは当たり前。それを「壁のムラをどうするんだ！」と言われ塗装させられた。

設計・契約は、この工場が一番良く仕上がり、建築家が建物を長く持続させるように考えた方法でやっているんだ。契約外の仕事はよく仕上がる訳がない。

僕の認知症が酷い時に、娘婿が問題点とレポートをよこすが、何のことか理解できず、この紙ペラは何だ、としか分からなかった。しかし頭がはっきりしてからは猛烈なリハビリに耐え、介護2を受けてから二週間で、奇跡的に立てるようになった。

僕は現場が心配で、年明けの一月八日、病み上がりのまま現場に復帰した。

そして驚いた。現場を見て目を疑った。契約外のことばかりをやらされていたのだった。工場長、社長の悪人共が、設計管理者が入院不在の時に、娘婿を騙し、脅してやらせたのだった。設計図通りにやらないのは工事契約違反である。その状況を見てどっと疲れた。まだ足許も覚束ない帰りの車、運転中の娘婿が信じられない言葉を発した。

「僕はもうこの現場には戻りません」

唖然とするばかり。聞き返す言葉もなく、帰宅するまでの一時間、何も考えることは出来なかった。「万事休す」とはこのことか。

そして法廷へ

訳の分からん工場長が「これどうするんだ！」「汚い！　雑だ」と頭越しに言ってくる。

こちらは口も開けないし、耳も悪い。「補修もやらないうちに塗ってはいけない」と言えないつらさ。

何度も何度も塗って補修したが、自分の満足が行く訳がないのは当然だった。こんなこと、プロは絶対やらない。

そして外構工事を始め、内部に目的の大型機械が入らないと、また何を言われるか分からない。

こいつら、滅茶苦茶言うに違いない。

三月六日から三月末の予定で施工を始めた。

常識が通じない人達で随分苦労したが、なんとか完成した。

いつも怒鳴っている、図面も契約書も見ない。読めないのかと勘繰りたくなるほどだった。

最も酷い脅かしは、一番高いところに排煙窓があるのだが、これは契約通り内側窓（換気、飛散、事故のことを考え、そして周囲は強風を諸に受けるため、相当考えた結果の設計である）で、これ以上考えた設計はない。契約通りの説明をして、施工も終わっている。

これが許せないらしく、工場長は何も考えず「外倒しだ、外だ」と猛烈に吠えるのだった。

おかしな人間だ。言ってしまったから後先考えず、後には引けないのだろう。「外だ外だ！」とわめくばかり。この人間は社長に信用がないからか、間違っても何度も同じことを言い続け、もっと物を知らない社長に存在感を示すだけのパフォーマンスと言うことか。

二日後、会議室で社長を交えて打ち合わせた。しかし工場長は恐らく会社の中で存在感を示す場所は、この現場しかないのかも知れない。

こちらの正当な説明を、「言い訳は聞かない」と言う。

「何言ってるんだ、図面で説明した時、いいから、先生に任せると言ったろう！」

デスクを挟んでの攻防。「やれったらやれ！　若出せ若出せ」

娘婿なら言いなりになると思っているんだろう。その結果が問題だったんだ。

十五分間脅迫し続け、「またやれ！　金が掛かるのがいやなんだろう」と言ってくる。

金が掛かるのは十分わかっている。しかし外窓にしたら問題が多すぎると思っていたら、

「若出せ、若出せ」と怒鳴る。そして「やらないのか！　やれー」とデスクの目の前のスリッパを蹴飛ばしてきた。それが不思議、僕のテーブルの目の前に飛んで来た。社長は背もたれの上に腰掛け、威圧していたつもりだ。

どう考えても、内倒しがいいに決まっている。絶対外ではいけない。「僕はやらない」と言い続けた。

しかしこの社長、非常識だから全く意味分からず「やれー」の一点張り。身の危険すら

感じたほどだ。

これ以上の脅迫発注はないと、結局高所の窓を毀（こわ）して処分し、新たに製作した。無駄な外側窓を取り付けたのは、制作後から一か月半のことだった。従って雨の日は、窓を外に倒すと雨を受けるため、全く窓を開けられず締め切っている。湿度が上昇しているはずだが、換気も出来ず環境が悪い。

このような脅迫発注に対し、工事は外構工事を含め、五月十日に完了させた。

当然、全て合わせて請求書を提出した。

しかし、その窓の取り換えについては一銭も支払われず、一カ月経ってもなしのつぶて。現在東京地裁で係争中である。一年十カ月が過ぎた。

裁判所でも脅迫発注と主張し、認められている。


僕は毎日毎朝怒鳴られ、脅され、設計業務五十年の経験の建築家を、人間として扱わない人間は初めてだった。裁判でどうなろうと、この人間達を絶対許すことは出来ない。殴る度胸はない。しかし椅子の背もたれの上に腰掛け、威圧し、テーブルの目の前にスリッパを蹴飛ばし怒鳴り散らすのは、パワハラなんていう問題ではない。場合によっては刑事事件に変えた方がいいのかも知れない。

この二人の今までの理不尽な悪態を、孫や子供たちにはどのように映るだろうか。正直に説明出来るわけがないだろう。

僕は必ず告発する。

だから人間として扱われなかった本人が世間に発信しなければならない。


しかし、裁判で事実を確認し、真実を追求するのが本来の姿だと思うが、実際はどうだろう。一年十カ月も経ったが、まだ解決しない。

こんな明確に事実が出ているのだが、真実の追求は被告の態度を見れば分からないことはない。何故時間が掛かるのだ。誰もがコロナのせいにするが、司法側も裁判官が替わる度にやり直し、正しい判決が出来ない。

被告の社長は、裁判、法廷でも態度が悪い。裁判官、調停員、双方の弁護士が立ち会った現場検証の時に、原告弁護士の女性に対し、社長、いや人間として言ってはいけない呼び掛け、「ババア」と吠えた。法廷だけではなく、社会人として許されることではない。それを聞いた人達はみな「名誉棄損」で訴えるべきと言っている。

こんな簡単な事案。契約書通りの工事と、それ以外の別途工事。被告が恫喝してやらせた工事は、明らかである。真実を求める裁判官なら判断も簡単だと思う。それが二年近く経つ。

そしてその後、とんでもないことと言うか、化けの皮が剥がれたのだ。

四月十九日、裁判法廷、神聖な場所と思うが、被告は法廷を馬鹿にしているのではないかと思うようなことを言った。

今まで反省もない責任も持たない男は、原告が病に倒れたなどの話の中で、「死ねばよかったのに」と吠えたのである。

全く聞き捨てならない。

それで弁護士から次回の裁判に出て欲しいという連絡があった。

最近の裁判は、裁判官に明確な真実を追求しようとする意志があるとは思えない。僕は、「出席するのでしたら条件があります。次回、冒頭に陳述させていただきたい」と申し入れをした。

「それは出来ない」「真実を訴えたいのです」「それが出来ないのです」

原告である僕なのに、その場で何の主張も出来ない。これが、今の日本の裁判の現実。

真実を語ることが何故出来ないのだろう。

だから、次のように陳述書を書き記した。

陳述書「死ねばよかったのに」

被告人の社長が、ついに人間を諦める発言をした。

二〇二二年四月十九日、裁判中神聖な法廷の席上、原告が病から這い上がって来た話の途中、「死ねばよかったのに」と言って、裁判官から注意を受けた。

「ごめんネ」……まるで子供ですね。バカにしていますよ。裁判を真面目に考えていない。謝罪とは程遠い。こういう人間の証言を法の専門の方が真面目に受けているとしたら、原告は誰を信じたらいいのでしょう。

原告は十月末基礎工事が終わり一段落、ホッとして力が抜けたのか、その深夜に発熱し、頭の中にひどい痛みが走り、仰向けに倒れた。その後、寒さと酷い頭痛が続き、膝から下の感覚がなく、とうとう十一月五日に入院した。

病室ではベッドに括られ、車椅子生活になった。

一か月間は記憶が全くなく、自分のことすら分からない。

十二月五日、家内が持って来た紙ペラを目にした。

「髄膜炎」「認知症」「末端神経麻痺」「転倒リスク」

「何これ、ゴチャゴチャ」

家内はすぐ「お父さんの診断書よ。先生は来年四月から五月までかかる。認知症は残る。区の役員が来て、介護2にして行ったよ」

「冗談じゃない、俺はすぐ出る」

その頃娘婿（施工部門の社長）が何度か紙切れを持って来たことがあったなと思い、ナイトテーブルの上の三枚程のレポートを見た。

そこには「全てゼネルの問題点」とあった。

それを見た僕は、

「そうだ、こうしてはいられない。工場の現場があったんだ。途中だ」

明くる日の十二月六日朝、僕は主治医に、

「現場に戻ります。年内に退院します」と宣言した。

主治医は「とんでもない。一人で食事も出来ない、一人で車椅子も乗れない、何も出来ないくせに。無理〜、ムーリ！！」と病室から出て行った。

午後からのリハビリ中に、一人のスタッフに、

「僕は年内、ここを出ます」と言うと、スタッフ二人は大笑い。周りにいたスタッフにも笑われた。

僕は真剣に言い続けた。

「僕はゼネルの工場が途中なんです」

男性スタッフが「工場がどうのと言ったって、今まで僕達の言うこと一度だって守ったことはないじゃないですか」と言う。

歩けない、車椅子からも立てない人間の叫び。

「今後は何でもおっしゃって下さい。何でもやっていきます！」

手を合わせて懇願した。

男性スタッフが「これからハードですよ。泣き言を言わないで言うこと聞いてくださいね。疲れて動けなくなっても、殺しはしませんから」

「ヤルヤル、もうゼネルが心配でたまらないんだ」

さっそくその日から「痛い、動けない」と一切言わなくなった。それでも、苦しくてうずくまっている時など、泣き言を言いそうになる。そうするとスタッフ三人が「ゼネル、ゼネル。ほら、頑張れるでしょう」と励ましてくれた。

そのチームワークのおかげで、十六日は階段の昇り降りをし、四階にまで上がることができた。そこに主治医とばったり。

「何やってるの」

「歩いて昇って来ました。今年退院します」

主治医は「無理、ムーリです」と姿を消した。

落胆した僕の姿を見た看護師長がリハビリ室と相談した。

僕の歩き方を師長がずっと観察してくれていた。そして僕の性格も見ていた。

主治医に「この患者、今出せばここに戻ることがない。出さなければ来春どころか、ずっと入院することになるでしょう。今です」

その結果、奇跡が起きた。十九日に退院することができたのだ。

それは苦しい時、動けない時、「ゼネル、ゼネル」と言ってスタッフが一歩ずつ歩を進めるのを手伝ってくれた結果だ。最終的に四五〇〇歩まで歩くことが出来た。

病院スタッフには迷惑の掛けっ放しだったが、退院時には二十人ほども集まってくれた。皆様に感謝感謝、涙で声にならない。心の中で「本当にお世話を掛けました。ありがとうございました」と何度もつぶやいた。


しかし、現場に戻るともっと凄い針の筵が待っていた。

常識的に、契約外の工事を勝手にすることは出来ない。

それを設計管理者が入院したのをいいことに、娘婿を脅して口から出まかせで追加工事を発注した。

契約書、設計図を見れば明らかです。

十二月二十三日、まだ足許も覚束ない時、娘婿に連れられ、自分の会社に挨拶に行って、会社全員、無理をしないで大事にしてくださいと言っていただいた。工場の一人は僕のところに走って来て「まだ現場に来てはいけません」と言ってくれた。その言葉には涙がこぼれた。

翌年の一月末から現場に入った。

いきなり恫喝、脅迫された。

「若出せ、若出せ」「電話しろ」

僕は「十二月二十三日、帰りの車で一キロ走ったところで、『僕はもう現場に来ません』と言われた。だから連絡しても無駄だ」ときっぱりと言った。

その頃は、怒鳴って脅かして交替させれば、また好き勝手が出来る程度にしか考えてなかったのだろう。

四月十九日の「死ねばよかったのに」という公の席（法廷）での発言は、工事中「死んで欲しかった」、それが本心だったのに違いない。

僕は絶対に許さない。速やかに残額を支払い、謝罪すべきだ。

それでも非人間的に扱われた傷は決して癒えることはない。

二〇二二年五月一日

田　龍太郎

あとがき　～いろいろなけむり～

第一章のけむりと違い、第二章は、毒々しい、真っ黒いけむりを出す親父たちの話だった。

この親父と息子、二人共今こそしっかり反省をし、謝罪し、そしてゆっくり話し合うことが大切ということに気がつかないのだろうか。時には親子、孫にまで悪影響を及ぼすかも知れない。

この親子が、心の底から話し合わなければ、世の中から疎外されるに違いない。まだ若い、まだ変えられるチャンスだ。今考えて、世の中を広く見るべきだと思う。

「親父のけむり」はここで書き終わる。

第一章は、筆者の父がC58の機関士とし、常に完全燃焼を目指し、純白な蒸気を噴出させ、真っ白いけむりのように生きて来たかを書き上げた。

昔から、人は親父の背中を見て育つと言われている。時には教えられることも多いが、時には反面教師として、熟慮を重ね、それを自身の生きる糧としたものである。

しかし現在、デジタル化が進み、スマホが全てを教えてくれると勘違いをし、頭を使わず、心を磨くことが出来ないため、人間としての成長がなく、親父の背中を見る余裕がなくなって来ているのでは、と思うこともある。

第二章の親父のけむりは「黒煙」。二代目はどういう訳か、子供時代から父親に反発していたと聞いている。

しかし、自分の親を「反面教師」とせず、悪いところを全て受け継いだと言っても過言ではない。とんでもない。これ以上世間に対し悪臭を放ち、毒ガスを含んだ「けむり」はない。

家族が、特に両親が歯止めを掛けないので、こんな人間が世間に出てきてしまうのだ。迷惑この上ない。人として最も大切なこころ、相手を想う心、そして愛を持つことが出来なければ、必ず部下の社員や、取引先の会社に迷惑を掛けることに違いないだろう。

本人に気づかせるにはどうしたらいいんだろうか。

父親は、好き勝手に女性を囲った生活、そしてゴルフ三昧の生活をしていたから、自分の息子に何も言うことはできない。

この会社の人達は、この親子の性格を知っているから、何も言わない方が我が身に響かないということで、進言する訳がない。

隣の三和製作所の幹部は呆れて何も言おうともしない。

このままこの人達が年月を経てますます天狗になったら、刑事事件にまで及ぶことは、火を見るより明らかになるだろう。

全く世間のことも知らない、考えない、人に対しての話し方も出来ない。社長と工場長は、二人共仕事のことが全く分からない。工場長は号令を掛けるだけ。存在感はそれだけ。親会社から出向の片山氏が、全て仕切っているとの評判だ。

もしその片山氏が辞めたら、この会社はどうなるか分からない。

今の内に二人を追放し、真面な技術職員でまとまった会社にすべきだと思う。

そうしなければ、納める製品が不良品になる。日本カートンの元社員がいるうちに、会社組織の変更をしなければならない。

まあ、このままではこの会社は近いうちに消滅するかも知れない。

親父と同様二代目も、何事に対しても感謝の心がなく、「おかげさま」という日本人のこころの言葉を使ったことがない。

他の人には全てタメ口、「やってよー」が口癖、「俺は客だよ」と怒鳴って相手を牛耳る、「やれったら、やれー」と逆上、高圧的態度を取り、必ず自分の思い通りにする。

暴力を振るう代わりに、デスクの上のスリッパを相手に飛ばす、卑怯な人間だ。

素人にもすぐにバレるような作戦を次々に提出する、すぐ相手に拒否される。

正しいことに対し、一切応えない。

自分がやったことに、言ったことに責任を持たない。

被告になった裁判、実地検証を行った工場内で、人前で原告の弁護士を「ババア」と言うのは、あまりにも非人間であり、弁護士女性に侮辱罪で訴えられることを考えておくべきだ。

七十七歳の老建築家にとって、二年半に渡る裁判は余りにも長い。

これからの人生の貴重な〝時〟を奪われた。

この恨み、消えることがない。

裁判で結審したと思っているが、絶対に世間は許さない。

人との係わりを大切にすること、話し方を学習するべき。

コロナ禍のいま、世界も、日本も対話が少なくなり、殺伐としている。

そこで自ら戒め、大いに反省すべきではないか。

心を入れ直せと言いたい。

両親ともよく話し合い、自分の言動について夫婦でも理解し合うべきだ。

今の姿が将来我が子にはどのように映るのだろう。

今やらなければいつできる。子供たちのために今こそ考えるべきではないか。

今度こそ純白で清廉な「けむり」を出すことを期待できる助言はこの方、日本カートンの社長以外、この人間に耳を傾けさせる人はいません。

社長の理念、愛と科学の社会を目指す。夢と技術のある会社。さすがに人命第一に考えた素晴らしい大企業です。

親会社、もう一度「愛と夢の大切さ」を教えてあげて下さい。
この家族から世の中を変えていこうではありませんか。
どうかこの家族を救って下さい。お願い申し上げます。

二〇二二年七月十二日

田 龍太郎

この作品は、著者の幼少期、そして自らが体験した事柄について書かれたエッセイですが、登場する人物名、団体名の一部は仮名にしてあります。

著者プロフィール

田 龍太郎（でん りゅうたろう）

産地　北海道知床
生誕　昭和20年２月14日（自分だけの終戦日）
「健」築家　人のために50数年
東京建築士会所属
インテリアプランナー
応急危険度判定士

仁と闇 親父のけむり

2023年１月15日　初版第１刷発行

著　者　田 龍太郎
発行者　瓜谷 綱延
発行所　株式会社文芸社
〒160-0022 東京都新宿区新宿1－10－1
電話 03-5369-3060（代表）
03-5369-2299（販売）

印刷所　株式会社フクイン

ISBN978-4-286-28078-3